Mi amiga Berta

Berta aprende a montar

Una historia de **Liane Schneider**
con ilustraciones de **Eva Wenzel-Bürger**

Traducción y adaptación
de Teresa Clavel y
Ediciones Salamandra

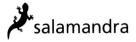
salamandra

Hoy es la fiesta de la primavera.
Hay muchas casetas de colores con muchas actividades.
Y se puede montar en poni.
—¡Papá, yo quiero dar una vuelta! ¿Me dejas? —pregunta
Berta—. Papá, por favor...
El problema es que todo el mundo quiere montar en poni,
y hay que hacer cola. Ahí está Berta por fin, a lomos
de un tranquilo poni negro y blanco. ¡No es tan fácil
aguantarse en la silla! Pero a Berta le encanta.

De vuelta en casa, Berta sólo habla de caballos y ponis. Pega fotos en las paredes de su habitación, y juega a saltar obstáculos hechos con cojines y almohadas. ¡Le gustaría tanto que le regalaran un poni para su cumpleaños! ¿Y por qué no un caballo?

Berta insiste tanto que su mamá acepta llevarla a visitar
una escuela de equitación.

—¡Hum! Mamá, ¿te das cuenta de lo bien que huele? —dice
Berta, aspirando con fuerza—. ¡Me encanta el olor a caballo!
Todos los ponis tienen su box con el nombre escrito en
la puerta. Berta pasa por delante de cada uno, les acaricia
el hocico y los llama por su nombre:

—¡*Flequillo*! Eres muy guapo, ¿sabes? ¡Hola, *Jara*!

Ferdinand relincha. ¡Le gustaría que le hicieran un poco de caso también a él!

—Creo que Berta quiere venir a tomar algunas clases —le dice su mamá a la monitora.

—Muy bien. Entonces necesitará un casco de equitación. Hay que proteger la cabeza por si se cae.

La primera clase decepciona un poco a Berta: tiene que
conformarse con montar en un caballo... ¡de madera!
—Primero debes aprender a subir sola, con ayuda de
los estribos —dice la monitora—. Después te dejas caer
muy despacio sobre la silla, para no asustar al poni.

Berta aprende también a manejar las riendas.
—Las riendas están sujetas a la boca del poni —le explica
la monitora—. Hay que moverlas con mucha suavidad
para no hacerle daño.
La próxima vez, Berta podrá montar en un poni de verdad.

Ha llegado el momento de ir al picadero. Berta va a montar
a *Flequillo*, al que ya conoce. Consigue montarse ella sola.
La monitora, Sofía, le da instrucciones:
—¡La espalda recta! ¡Las piernas relajadas! ¡La cabeza alta!
¡No muevas las manos! ¡Sobre todo, no tires de las riendas!
Berta se mantiene muy concentrada y sigue atentamente
todas las instrucciones.
De repente, pierde un estribo. Cuando intenta volver
a meter el pie, casi se cae. ¡Montar en poni no es tan fácil
como creía!

Berta cada día lo hace mejor. Cuando llega *Flequillo*, la reconoce
y relincha para saludarla.
Berta lo saca de su box y lo lleva al picadero. Ya sabe hacerlo
avanzar o detenerse simplemente con las piernas, las riendas
y la manera de estar sobre su lomo. Y nunca se olvida
de felicitarlo:
—Muy bien, grandullón. ¡Eres un caballo genial!

Flequillo es muy goloso. Berta le lleva zanahorias
o trozos de manzana. Al principio la asustaba un poco
darle de comer, pero *Flequillo* coge las golosinas
con mucha delicadeza. Ella sólo tiene que extender
la palma de la mano. Y mientras *Flequillo* come,
le habla en voz baja:
—Te gusta, ¿eh? ¡Hum...! ¡Qué zanahorias más ricas!

Berta también tiene que aprender a cepillarle el pelaje, la crin
y la cola. Después, Sofía le enseña cómo limpiarle los cascos.
Pero a *Flequillo* no le gusta. A veces, Berta tiene que reñirlo:
—¡*Flequillo*, deja de moverte!
Además, Berta aprende a ensillar a *Flequillo* y ponerle la brida.

Cuando lleva la silla y la brida de *Flequillo*, Berta se tropieza
y se cae.

—Berta —dice Sofía, la monitora—, lo estás haciendo mal.
Tienes que colocar la silla sobre su lomo y apretar la cincha,
pero ¡cuidado! *Flequillo* es un bromista. Hinchará la barriga
y cuando estés arriba la encogerá. Entonces la silla se caerá
hacia un lado y te encontrarás en el suelo. Así que acuérdate
de apretar bien la cincha antes de montar.

Sofía le explica después cómo poner la brida. Como *Flequillo* no quiere separar las mandíbulas, introduce el pulgar en la boca del animal y aprieta. ¡Milagro, *Flequillo* abre la boca! ¡Berta no se habría atrevido a hacer eso ni en sueños!

Hoy, Sofía les ha propuesto a los niños hacer una acrobacia:
deben intentar tocarse la punta de los pies montados
en el poni. Berta está encantada:
—¡Es como en el circo!
Sofía da más instrucciones desde el borde del picadero:
—Ahora vais a avanzar sorteando los obstáculos.
¡Vamos, al trote!

¡Sí, Berta ya sabe trotar! ¡E incluso galopar!
Y *Flequillo* se ha convertido en un amigo de verdad.
A Berta le gustaría cabalgar al lado de Lisa, que monta a *Jara*.
Pero *Jara* siempre quiere morder al pobre *Flequillo*. Así que
las dos niñas tienen que estar muy atentas y mantenerlos
alejados el uno del otro.

Cuando la clase ha terminado, hay que desensillar a los ponis y lavarlos un poco: ¡después de tanto esfuerzo, están sudando! Berta y Lisa también ayudan a limpiar los boxes. Con una horquilla, Berta levanta la paja sucia y la pone en la carretilla. Lisa se encarga después de vaciarla en el montón de estiércol. Berta barre y luego extiende paja fresca para que los ponis tengan una cama limpia. Cuando llega mamá, no puede creer lo que ve. ¡Y pensar que en casa Berta siempre refunfuña cuando tiene que ordenar su habitación!

El picadero está bien para las primeras lecciones,
pero no es lo que Berta imaginaba cuando pensaba
en montar en poni. ¡Por fin hoy salen de paseo!
Y van a merendar a orillas del lago.

¡Qué divertido, trotar por el campo y el bosque!
—¡Yuhu! ¡Soy un vaquero!
Flequillo también parece estar disfrutando.
¡Sacude la crin como un auténtico caballo salvaje!

A Berta le gustaría tener un poni o un caballo sólo
para ella, pero sabe que es muy caro. Por eso
ha decidido no comprar más caramelos y meter
en la hucha todas sus monedas. Pero ¿cuánto
tiempo tardará en reunir el dinero necesario?

Título original: *Conni lernt reiten*

Copyright © Carlsen Verlag GmbH, Hamburgo, 1996
www.carlsen.de
Copyright de la edición en castellano © Ediciones Salamandra, 2012

Derechos de traducción negociados a través de
Ute Körner Literary Agent, S.L. Barcelona - www.uklitag.com

Publicaciones y Ediciones Salamandra, S.A.
Almogàvers, 56, 7º 2ª - 08018 Barcelona - Tel. 93 215 11 99
www.salamandra.info

ISBN: 978-84-9838-477-2
Depósito legal: B-17.594-2012

1ª edición, julio de 2012 • *Printed in Spain*

Impresión: EGEDSA
Roís de Corella 12-14, Nave I. Sabadell